Auf der Suche nach dem richtigen Weihnachtsmann

Rolf Meister

Auf der Suche nach dem richtigen Weihnachtsmann

Ein Weihnachtsmärchen

Bibliografische Information der Deutschen Nationalbibliothek:
Die Deutsche Nationalbibliothek verzeichnet diese Publikation
in der Deutschen Nationalbibliografie; detaillierte bibliografische Daten sind im Internet über http://dnb.dnb.de abrufbar.

Illustration: **Rolf Meister / Marina Kaiser**

Herstellung und Verlag: BoD – Books on Demand, Norderstedt

ISBN: 9783746065939

Auf der Suche nach dem richtigen Weihnachtsmann

Als die S-Bahn in den kleinen Bahnhof einfuhr, hatte Jan bereits seinen Rucksack über die Schultern geworfen. Mit seinem kleinen Teddy Mischka stand er an der Tür, und wartete darauf, dass die Bahn zum Stillstand kam.

Draußen war es kalt geworden. Jan zog den Reißverschluss der Jacke ganz zu, und machte sich auf den Weg zu seiner Oma Eleonora, die alle jedoch nur Ela nannten. Sie wohnte in einem kleinen Ort unweit von Berlin, und Jan verbrachte ein paar Tage seiner Weihnachtsferien bei ihr.

"Schön, dass du da bist, Jan!", rief seine Oma, als sie ihm die Tür öffnete.

"Guten Tag, Ela", antwortete Jan, "Oh, bei dir ist es schön warm."

"Komm rein, mein Junge." Ela half ihm aus der Jacke, und sie setzten sich beide in die Wohnküche.

Jan liebte diesen Ort in der Wohnung seiner Oma. Hier standen eine herrlich alte Couch, Stühle und Sessel und in dem Herd entzündete Ela noch ein richtiges Feuer, wodurch es immer warm war. Hier spielte sich das ganze Leben ab.

"Du erscheinst mir heute traurig, Jan. Alles in Ordnung bei dir?"
"Mhhh", druckste Jan, "ist schon alles okay, Ela."

"Aber irgendetwas hast du. Was ist los?", fragte Ela und setzte sich neben ihn auf die Couch.

"Ach nur so ein doofes Gefühl. Wir haben uns heute in der Klasse über Weihnachten unterhalten. Natürlich weiß ich, dass die Weihnachtsmänner nicht echt sind, dass sich die Menschen nur verkleiden. Opa war auch oft der Weihnachtsmann."

"Stimmt!", lächelte Ela. "Dass du das noch weißt."

"Oh ja, Opa war ein ganz lieber Weihnachtsmann, vielleicht war er der letzte richtige Weihnachtsmann...!"

"Der richtige Weihnachtsmann?" fragte Ela.

"Ich kann einfach nicht glauben, dass es den Weihnachtsmann nicht gegeben haben soll. Irgendwann vor langer Zeit. Dass irgendjemand sich den alten Mann mit Rauschebart und rotem Mantel nur ausgedacht haben soll. Alle Legenden beruhen auf Überlieferungen von richtigen Menschen oder Geistern. Jesus soll es ja auch gegeben haben. Gab es also auch einen richtigen Weihnachtsmann? Gibt es ihn heute noch? Wo lebt er? Was macht er heute?"

"Das sind aber viele Fragen auf einmal", Ela schmunzelte. "Was sagt denn euer Internet..., euer Face..., Facebook dazu? Darauf schwört ihr doch alle?"

"Ach was Facebook", Jan winkte ab, "dort sind zwar meine Freunde, aber viele davon aus meiner Klasse, die auch nur sagen, was alle sagen."
"Und was sagen alle?", fragte Ela.

"Naja, dass es wohl mal irgendeinen Bischof gab, der arme Familien und Kinder beschenkt hat, aber dass der Weihnachtsmann als solcher nicht existiert hat. "

"Und du glaubst, es müsste einen richtigen Weihnachtsmann gegeben haben? Wie kommst du darauf?" Ela blickte Jan fragend an.

"Als damals Opa Johannes noch gelebt hat, war er jedes Jahr der Weihnachtsmann. Das war nicht schwer zu erkennen. Seine Stimme und seine Art waren unverkennbar. Als Weihnachtsmann hat er mich immer ganz viel gefragt. Wie es in der Schule ging..., was ich für Sorgen und Wünsche hätte..., ob es mir gut ging... Und ich hatte überhaupt keine Angst, ihm auch schwierige Dinge zu erzählen. Für ihn war ich wichtig, selbst als ich noch kleiner war, und seine Augen waren irgendwie .... ganz warm. So ist bestimmt der richtige Weihnachtsmann, habe ich früher oft gedacht. Und das brachte mich auf den Gedanken, dass es vielleicht wirklich einen Weihnachtmann – einen richtigen – gegeben haben muss. Einer der so war wie Opa Johannes. Schade, dass er nicht mehr lebt."

Bei diesen Worten spürte Ela, wie sehr Jan seinen Opa, zwei Jahre nach dessen Tod, immer noch vermisste.

Sie seufzte. " Ja, Johannes war ein wunderbarer Mensch. So gütig und liebevoll. Ich kann gut verstehen, Jan, dass du ihn vermisst. Manches Mal vermisse ich ihn auch sehr.", Ela wischte sich eine Träne aus den Augenwinkeln. "Aber sei dir ganz sicher: Er ist immer noch bei uns, auch wenn wir ihn nicht immer deutlich fühlen können. Und wenn du ganz still in dich hinein lauschst, kannst du vielleicht sogar seine Stimme hören. Gerade jetzt in der Weihnachtszeit, wo die Liebe viel stärker fühlbar wird, geschehen oft solche Dinge, dass wir die Verbundenheit zu Menschen im Jenseits fühlen können."

"Dann ist Opa Johannes gar nicht tot?", wollte Jan wissen.

"Seine Seele hat den Körper verlassen, und der Körper von Johannes wurde verbrannt. Aber niemand weiß genau, wohin die Seele dann geht. Vermutet wird aber, und das glaube ich ebenfalls, dass die Seele irgendwo weiter lebt. Dann ist zwar Opa Johannes gestorben, seine Seele jedoch, die viel größer ist als Opa Johannes, lebt weiter."

"Und du kannst mit ihm reden, Ela?", bohrte Jan weiter.

"Ja, manchmal kann ich mit ihm reden", gab Ela zu.

"Kannst du ihn dann nicht fragen, ob es einen richtigen Weihnachtsmann gibt, und ob ich den finden kann? Vielleicht kann er mir sogar bei der Suche helfen? Ach bitte, Ela!", bat Jan, und schaute seine Oma fragend an.

"Gut, ich werde mich hinsetzen und ihn fragen. Aber es funktioniert nicht immer, nur damit du nicht enttäuscht bist", versuchte Ela die Erwartung von Jan ein wenig zu dämpfen.

"Das gelingt dir bestimmt", meinte Jan, "Und weckst du mich dann, wenn du etwas weißt?"

"Nein, ganz sicher nicht. Du sollst in Ruhe schlafen. Du weißt doch: Der Morgen ist...."

"...klüger als der Abend", ergänzte Jan. Woraufhin ihn Ela überrascht ansah, dann mussten beide darüber lachen.

Abends brachte Ela Jan ins Bett, und obwohl Jan heute schon viel größer war, und inzwischen selbst lesen konnte, mochte er immer noch nicht auf die traditionelle Gute-Nacht-Geschichte verzichten.

"Es ist so schön, wenn du mir eine Geschichte erzählst, Ela. Dann ist irgendwie alles gut, weißt du." Jan kuschelte sich in seine Decke, und lauschte der Stimme seiner Oma.

"Es war einmal ein junges Mädchen, das seine Eltern bei einem schweren Unfall verloren hatte, und das deswegen bei den Großeltern in einem Dorf aufwuchs. Das Mädchen, nennen wir sie Christine, war lange Zeit sehr traurig darüber, dass es seine Eltern verloren hatte, aber die Großeltern waren so liebevoll zu dem Mädchen, dass der Schmerz langsam immer mehr heilen konnte.

Die Großmutter war im Dorf sehr beliebt, denn sie kannte viele Kräuter und konnte manches Mal kranken Menschen im Dorf helfen, wieder gesund zu werden. Sie war das, was man als "weiße Hexe" bezeichnete, eine Frau, die mit ihrer göttlichen Magie Gutes und Heilung für die Menschen und die Welt bewirkte.
Auch Christine interessierte sich sehr für Magie. Sie begleite ihre Großmutter häufig auf ihren Wegen, und lernte auf diese Weise viele magische Dinge, bis sie selbst als weiße Hexe eingeweiht wurde.
Kurz vor dem Tod der Großmutter übergab sie ihrer Enkelin das "Buch der Wahrheit", ein ganz besonderes Zauberbuch...
Immer wieder legte die Großmutter ihrer Enkelin Christine die wichtigste Regel der Hexen ans Herz: Demut vor dem Leben.

Nicht die Hexe mit ihrer Magie "heilte" Menschen oder Dinge, sondern sie gab mit ihren Händen oder den Tinkturen und Kräutern Impulse, damit sich der Körper selbst heilen konnte. Über die Heilung entschied allein die Seele der betroffenen Person, und die weiße Hexe konnte nur demütig beten: "Dein Wille geschehe!"

Christine führte die Arbeit ihrer Großmutter erfolgreich fort. Sie war anerkannt im Dorf und viele Menschen kamen zu ihr, um "heil" zu werden und ihre Probleme zu lösen. Für jeden hatte sie ein gutes Wort…, einige Kräuter…, sie legte Hände auf oder besprach Wunden…

Sie gründete später ihre eigene Familie, bekam eine gesunden Sohn und lebte glücklich und zufrieden, bis …

…eines Tages ihr Mann schwer erkrankte. Er bekam hohes Fieber, und trotz all ihrer Bemühungen, gelang es ihr nicht, ihn zu heilen. Sie saß an seinem Bett, hielt ihn fest umschlungen und bat den Himmel um Gnade, weil sie ihren Mann nicht verlieren wollte.

Erst in letzter Minute fiel ihr die Regel ihrer Großmutter ein. Sie kniete sich vor das Bett ihres Mannes, legte beide Hände auf ihr Herz und betete:

"Lieber Gott,
bitte vergib mir meine Schuld,
dass ich nicht voller Demut
dir und seiner guten Seele
vertrauen konnte.
Befreie mich von jeglichem Wollen
und dem Wunsch, ihn fest zu halten!
Dein Wille geschehe!
Amen!"

Kaum hatte sie dieses Gebet gesprochen, konnte sie zusehen, wie der Schmerz aus dem Körper ihres Mannes wich, und er mit einem Lächeln auf den Lippen seinen Körper verließ.

Großer Schmerz und tiefe Reue blieben lange Zeit in Christine zurück, und weil sie ihr Verhalten als so schlimm empfand, legte sie ihr Hexen-Amulett, ihr Kleid und das Zauberbuch in eine große Truhe, und war seither nie wieder als Hexe tätig geworden.

Aber weil jedes traurige Ende einer Geschichte auch etwas Gutes enthält, kann ich dir sagen, dass der Tag nicht fern sein wird, an dem Christine wieder eine weiße Hexe sein will...

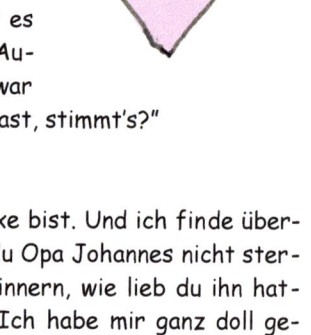

...und wenn sie nicht gestorben ist, dann zaubert sie immer noch..."

Als Ela die Geschichte beendet hatte, war es in dem kleinen Zimmer lange still. Mit großen Augen schaute Jan Ela an und fragte dann: "Das war deine Geschichte, Ela, die du mir eben erzählt hast, stimmt's?"
"Ja", antwortete Ela nur.

"Finde ich total irre, dass du eine weiße Hexe bist. Und ich finde überhaupt nicht, dass du falsch gehandelt hast, als du Opa Johannes nicht sterben lassen wolltest. Ich kann mich noch gut erinnern, wie lieb du ihn hattest..., und wie lieb dich Opa Johannes hatte. Ich habe mir ganz doll gewünscht, dass er wieder gesund wird. Das hätte doch jeder getan, Ela." Jan streichelte die Hand seiner Oma, als er sah, dass ihr die Tränen in den Augen standen. "Aber wenn du mit ihm reden kannst, dann ist er doch noch bei dir. Das ist zwar anders aber doch auch schön!"

"Ach du Lieber", sagte Ela nur und umarmte Jan liebevoll.

"Was ist Demut, Ela?", wollte Jan wissen.

"Vielleicht das ehrfürchtige Niederknien vor dieser phantastischen Welt, in der wir leben.
Der Satz 'Ich bin klein' vor diesen Wundern, aus denen unsere Welt besteht...
Zu sehen, mit welch einer Perfektion ein Tag beginnt..., die Sonne am Himmel entlang wandert, und am Abend untergeht...

Zu erleben mit welcher Präzision unsere Körper funktionieren, und zu wissen, dass wir solche Wunder vielleicht nie vollbringen können.

Die ganze Welt beherbergt eine solche Fülle an Landschaften, Tieren und Pflanzen, sie wurde mit so viel Liebe gestaltet, dass wir als Menschen nur demütig zurücktreten und sagen können: 'Danke Gott..., Danke Natur..., Danke Universum..., Danke – wer auch immer dies vollbracht haben mag.

Demut bedeutet auch anzuerkennen, dass wir weder die Macht über unser, noch über das Leben anderer haben. Dass wir trotz unseres Wissens..., trotz unserer ärztlichen Kunst im Grunde unwissend sind. Dies anzuerkennen, und sich vor der großen Schöpferkraft ehrfurchtsvoll zu verneigen, auch das ist Demut.

Deswegen kann ein Heiler nicht wirklich heilen. Er kann den Körper bei seiner Selbstheilung mit Medikamenten, Kräutern, verschiedenen Berührungen und auch Worten unterstützen, aber heilen kann sich der Körper nur selbst, wenn dies im Sinne seiner Seele ist.

Für Opa Johannes war die Zeit auf der Erde abgelaufen, deswegen konnte er nicht geheilt werden – so sah es sein Seelenplan vor.

Und dein Seelenplan", meinte sie schmunzelnd, "sieht jetzt insbesondere vor, dass du ganz schnell deine Augen schließt und schläfst. Morgen ist auch noch ein Tag!"

"Gute Nacht, Ela!"

"Gute Nacht, Jan. Schlaf schön!"

Wenige Minuten später stand Ela vor dem Zimmer, wo sie all ihre magischen Utensilien aufbewahrte. Bezeichnender Weise war dieses Zimmer früher ihr Kinderzimmer bei den Großeltern...

Vor der Tür hielt Ela einen Moment inne. Sie schloss die Augen, legte die Hände auf ihr Herz und atmete tief ein und aus. 'Bitte gib mir ein deutliches Zeichen, Gott, dass meine Entscheidung, wieder als weiße Hexe zu arbeiten, richtig ist.'

Ein helles klares "JA!" stieg von ihrem Herzen auf und tönte laut in ihrem Kopf.

"JA!"

Ela steckte den Schlüssel in das Schlüsselloch, und als wäre nie viel Zeit seit dem Öffnen der Tür vergangen, ließ er sich leicht drehen, und die Tür öffnete sich.

Ela betrat den Raum, und schloss sorgfältig hinter sich die Tür.

Sie öffnete de Truhe, die unter dem Fenster stand, und entnahm ihr ein paar Sachen, die sie auf den Tisch in der Mitte des Raumes legte.

Das weiße Kleid mit den eingewebten silbernen Sternen zog sie sich gleich an. Sie hatte immer das Gefühl, als würde das Kleid sich automatisch ihrem Körper anpassen, aber richtig glauben konnte sie das kaum.

Behutsam nahm sie ihr Amulett aus der Schmuckdose, das mit roten Rubinen ein Herz nachbildete, und streifte es sich über den Kopf.

Als letztes räumte sie schließlich das Zauberbuch aus der Truhe. Behutsam und liebevoll strich sie mit der Hand darüber. Auf dem Buchdeckel war ebenso ein Herz aus roten Rubinen eingearbeitet – eine wunderschöne Arbeit. Unscheinbar auf dem Deckel stand:

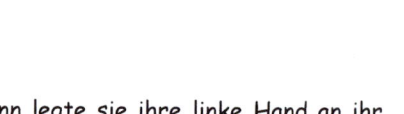

Quod verum est, amore.
Amor autem est veritas.

Wahrheit ist Liebe.
Liebe ist Wahrheit.

Ela holte noch einmal tief Luft, dann legte sie ihre linke Hand an ihr Amulett, und mit der rechten Hand berührte sie das Herz auf dem Buch.

Beide Herzen leuchteten auf, und eine Stimme war zu hören.

"Schön, dass du wieder da bist, Ela".

Aber was war das? Während sonst immer eine weibliche Stimme zu ihr gesprochen hatte, war es heute ganz eindeutig eine männliche Stimme, die sie zudem auch noch gut kannte.

"Johannes?", fragte Ela vorsichtig.

"Ja, ich bin es, Johannes. Mir hat man die wunderschöne Aufgabe übertragen, mit dir Kontakt aufzunehmen, wenn du ihn wünschst. Was kann ich für dich tun, Ela?"

Ela konnte sich ein Schmunzeln nicht verkneifen, da sie sich sicher war, dass ihr Anliegen längst bekannt war, aber bitten musste sie dennoch, so war die Regel.

"Jan möchte gern wissen, ob es einen richtigen Weihnachtsmann gibt, und wenn ja, würde er ihm am liebsten begegnen. Ich habe versprochen ihm dabei zu helfen, deswegen bin ich wieder hier."

"Ich finde es sehr schön, dass du wieder da bist! Es ist wichtig, dass du zu deiner Bestimmung zurück gefunden hast", sagte Johannes. "Und ich bin auch sehr froh, dass ich dich bei all deinen Vorhaben unterstützen kann. Das fehlte mir sehr." Ela konnte seine Freude ganz deutlich spüren, und ein warmer Schauer lief ihr über den Rücken.

"Danke, Johannes", konnte sie nur sagen, dann spürte sie, wie ihr ein paar Tränen die Wange herunter liefen.
"Es ist alles gut, Ela", sagte Johannes, und sie glaubte einen unendlich sanften Hauch an ihrem Hals zu spüren.

"Es ist möglich, dass Jan den Weihnachtsmann besuchen kann", hörte Ela Johannes reden. "Aber es gibt einige Bedingungen, die vorher erfüllt sein müssen, die ich dir aber besser nur alleine erzähle. Du wirst sie dann Jan morgen mitteilen, und dann sehen wir weiter…!"

☆☆☆

Auch wenn Jan am nächsten Morgen darauf brannte zu erfahren, was Ela herausgefunden hatte, musste er sich bis nach dem gemeinsamen Frühstück gedulden, weil Ela darauf bestand, es ihm in aller Ruhe danach zu erklären.
"Es sieht gut aus", begann sie dann lächelnd, "aber es ist schwieriger, als ich gedacht habe.

Ich habe gestern mit Johannes sprechen können, der mir sagte, dass es den 'richtigen' Weihnachtsmann tatsächlich gibt."

"Du hast mit Opa Johannes gesprochen?", fragte Jan.

"Ja. Ich war selber überrascht und sehr erfreut. Er erklärte mir, dass er die Aufgabe bekommen hätte, mit mir in Kontakt zu treten.

Johannes erklärte mir, dass es sogar möglich wäre, dich mit dem Weihnachtsmann zu treffen, jedoch kannst du ihn, wenn du alleine dort bist, nicht sehen."

"Wie – ich kann ihn nicht sehen?", wollte Jan wissen.

"Du siehst ihn einfach nicht, jedenfalls nicht, wenn du alleine dort bist. Du brauchst ein Mädchen, am besten eine Freundin an deiner Seite."

"Oh nein!", stöhnte Jan. "Bitte sag, dass das nicht wahr ist!"

"Das ist aber wahr, und die Erklärung ist ganz einfach: Im Grunde hat jeder Mensch einen weiblichen und einen männlichen Anteil in sich. Damit du dir das besser vorstellen kannst, denke einfach, dass in jedem Menschen ein Mann und eine Frau wohnen, die sich im besten Fall lieben und einander umarmen. Wenn sie sich lieben, dann betrachten sie sich und alles um sich herum mit Augen der Liebe. Und es braucht Augen der Liebe, um den Weihnachtsmann, den richtigen Weihnachtsmann sehen zu können.

Bei Kindern und Jugendlichen sind diese beiden ungleichen Wesen noch nicht so sehr ausgeprägt, weshalb es notwendig ist, dass ein Junge und ein Mädchen sich gemeinsam auf die Suche nach dem richtigen Weihnachtsmann begeben. Dann müssen sie nur ihre unterschiedlichen Sichtweisen miteinander verbinden, um den Weihnachtsmann sehen zu können. Wie genau das zu tun ist, müsst ihr alleine herausfinden."

Es war lange still, ehe Jan sagte: "Und wie soll ich das der albern kichernden Anna beibringen? Du müsstest sie mal sehen, immer steht sie mit den zwei anderen albernen Gänsen im Klassenraum und gackert und kichert herum. Wie sollen wir bei diesem albernen Getue den Weihnachtsmann sehen können?", Jan stöhnte.

"Ist sie denn auch albern, wenn du mit ihr zusammen bist? Wenn ich mich recht entsinne, wart ihr doch mal miteinander befreundet, oder?", fragte Ela.

"Ja, das stimmt, aber weil sie so albern ist, haben wir uns nur selten getroffen. Obwohl…", Jan dachte kurz nach, "du kannst Recht haben, wenn wir zusammen sind ist sie irgendwie anders. Und du meinst…"

"Ja, ich meine, dass du sie einfach fragst. Erzähle ihr von deinem Wunsch, frage ob sie dich unterstützen möchte, ich glaube dann wirst du eine ganz andere Anna erleben", Ela lächelte. Sie konnte Jan so gut verstehen, sie war ja selbst einmal ein Mädchen gewesen…

"Vielleicht hast du ja Recht, Ela", räumte Jan ein, "ich werde es versuchen. Am besten ich rufe sie gleich mal an und fahre dann zu ihr."

"Und melde dich, wenn es Schwierigkeiten gibt, Jan. Du musst ja auch ihre Mutter fragen, ob sie hier bei uns ein paar Tage bleiben kann."

"Okay, mach ich", rief Jan, der bereits sein Handy am Ohr hatte…

☆☆☆

Jan traf sich noch am selben Tag mit Anna.
Er brauchte nur ein paar Stationen mit der S-Bahn fahren, dann stand er schon vor der Haustür seiner Schulfreundin und klingelte.
"Hallo Jan", begrüßte ihn Anna.
"Grüß dich, Anna", erwiderte er und beide umarmten sich.
"Komm rein, Jan", Anna ließ ihn vorbei und schloss hinter ihm die Tür.

In ihrem Zimmer angekommen, zog sich Jan seine Jacke aus, und beide setzten sich auf ihren Lieblingsplatz auf den Boden vor der Couch.

"Du hattest es ja so eilig, Jan. Was ist los?", fragte Anna verwundert.

Jan räusperte sich: "Es fällt mir gar nicht so leicht darüber zu reden. Versprich mir bitte, dass du mich nicht auslachst.", bat Jan.

Anna lächelte ihn an. "Scheint ja wirklich schwierig zu sein. Ich lache dich nicht aus, Jan, versprochen."

"Glaubst du an den Weihnachtsmann?", fragte Jan, "ich meine nicht den, in den sich unsere Eltern verkleiden oder Studenten. Vielleicht sollte ich anders fragen: Glaubst du, dass es irgendwann mal einen Menschen gegeben hat, der die ganze Weihnachtsmann-Tradition ins Leben gerufen hat? Der für die Idee lebte seine Liebe zu teilen, der aus Liebe Menschen unterstützte und Geschenke verteilte, der die Liebe mit Licht verband, und den Menschen Kerzen schenkte, damit sie durch die Wärme des Lichts an die Wärme der Liebe erinnert wurden... Glaubst du, dass es so einen Menschen gab?", Jan schaute Anna fragend an.

"Ich weiß nicht", erwiderte Anna ratlos. "Was sagt denn 'google' dazu?"

"Google spricht von einem Bischof, von Nikolaus von Myra, auf den der Weihnachtsmann zurückgehen soll, er wäre aber keineswegs der Weihnachtsmann. Also ist zumindest nicht bekannt, ob es einen 'richtigen' Weihnachtsmann gegeben hat."

"Aber du suchst nun den richtigen Weihnachtsmann? Ist das richtig?", Anna blickte skeptisch.

"Ja, und ich habe meine Oma Ela gefragt, ob sie wüsste, ob es einen 'richtigen' Weihnachtsmann gibt, einen, der so war, wie mein verstorbener Opa Johannes. Daraufhin bot sie mir an, dass sie mit Johannes reden würde."

"Aber ich denke, dein Opa ist schon tot?", fragte Anna verwundert.

"Ja, das stimmt", erklärte Jan, "aber meine Oma kann mit Verstorbenen reden. Auch wenn du es vielleicht gar nicht glauben wirst, aber meine Oma ist eine weiße Hexe, die viele magische Dinge beherrscht."

"Puuhhh, das ist ja heiß", staunte Anna, "und wobei soll ich dir nun helfen?"

"Ela, meine Oma, hat von Opa Johannes erfahren, dass es wirklich einen 'richtigen' Weihnachtsmann gibt. Ich könnte ihn auch besuchen, aber wenn ich alleine zu ihm gehen würde, könnte ich ihn nicht erkennen. Ich kann ihn nur sehen, wenn ich mit einer Freundin zusammen dort hin gehe. Das ist ein bisschen schwer zu erklären. Weil zu Weihnachten die Liebe besonders groß ist, muss auch die Liebe der Menschen, die zum Weihnachtsmann gehen sehr groß sein. Was bei Erwachsenen kein Problem ist. Aber als Kinder müssen wir unsere liebevolle Energie miteinander verbinden. Dann erst werden wir den Weihnachtmann sehen können."
"Das ist aber alles ganz schön kompliziert, oder?", fragte Anna.
"Stimmt, aber anders geht es nicht", erwiderte Jan. "Ich würde gern den Weihnachtsmann besuchen, und brauche dazu deine Hilfe, weil wir ein Junge und ein Mädchen sein müssen, damit wir ihn sehen können. Würdest du mich begleiten, Anna?" Jan sah Anna fragend an.

"Und wie kommen wir dort hin?", wollte Anna wissen.
"Das weiß ich nicht genau, darüber habe ich mit Ela noch nicht gesprochen. Ich vermute aber, dass die Reise in Elas magischem Zimmer beginnt."

Nach einer ganzen Weile Schweigen sagte Anna: "Ich würde sehr gern mit dir diese Reise machen, ich muss allerdings auch gestehen, dass ich ein wenig Angst habe. Vor der Magie…, davor, dass uns etwas passieren könnte… Kannst du das verstehen, Jan?" Anna schaute ihn aufmerksam an.

"Ich verstehe dich gut, Anna. Mir geht es nicht viel anders, und insofern bin ich ganz froh, dass ich nicht alleine auf die Reise gehen muss. Zu zweit ist das viel leichter. Und dann bin ich ganz sicher, dass Ela und Opa Johannes – und wahrscheinlich noch viel mehr Wesen – gut auf uns aufpassen werden. Und schließlich: Wenn es um so viel Liebe geht, wie könnte uns da wirklich etwas Schlimmes passieren?" Jan lächelte. "So eine Chance bekommen wir vielleicht nie wieder. Komm, lass uns gemeinsam diese Reise machen. Es wird bestimmt ganz toll!"

"Okay, Jan. Dann muss ich nur meine Mama fragen, ob ich mit dir zu deiner Oma fahren kann. Komm!" Sie nahm Jan an die Hand und lief mit ihm in die Küche.

"Mama, Mama, Jan hat mich eingeladen für ein paar Tage mit zu seiner Oma Ela zu kommen. Darf ich mit ihm mit?"

"Langsam, langsam Anna. Noch mal ganz langsam, bitte."

"Lass mal, ich mach das", sagte Jan zu Anna.

"Frau Berger, ich bin im Moment bei meiner Oma Ela in den Ferien. Sie wohnt nur ein paar S-Bahn-Stationen von hier entfernt. Darf Anna ein paar Tage mit mir kommen? Wir könnten schön zusammen spielen, ein wenig im Wald toben, und hätten einfach eine Menge Spaß miteinander. Ela, ich meine Oma Ela hat es mir erlaubt, und sie können auch gern mit ihr sprechen, ich rufe sie an, dann können Sie sich ganz genau erkundigen, ja?"

"Ja, ich würde gern mit deiner Oma sprechen, Jan", sagte Frau Berger.

"Okay." Jan nahm sein Handy, wählte die Nummer, und als Ela ans Telefon ging sagte er: "Hallo Ela, die Frau Berger möchte dich kurz sprechen wegen Anna. Ich gebe dich mal weiter."

"Bitte Frau Berger", sagte er und übergab ihr das Telefon.

"Guten Tag", hörte Jan Frau Berger reden, dann verließ sie die Küche.

"Und was meinst du, Anna, ob du mit darfst?", fragte Jan.

"Ich denke schon. Meine Mama ist ganz froh, wenn sie ein wenig Ruhe hat vor den Feiertagen."

Nach einer ganzen Weile betrat Frau Berger wieder die Küche. "Danke", sagte sie und gab Jan sein Telefon zurück. "Ich habe mit deiner Oma gesprochen Jan, und wir haben ausgemacht, dass Anna bis zum Wochenende bei euch bleiben kann. Heute haben wir Montag, da habt ihr viel Zeit für gemeinsame Unternehmungen. Komm Anna, wir werden dir jetzt ein paar Sachen einpacken, denn ich sehe doch schon, ihr habt es ziemlich eilig…"

☆☆☆

Am nächsten Morgen begann das große Abenteuer.

Ela setzte sich mit Anna und Jan in die Küche und sagte: "Jetzt geht eure Reise los. Aber vorher will ich euch noch einiges mit auf den Weg geben.

Es ist kalt draußen, also zieht euch warm an. Alles andere, was ihr braucht, Proviant, Decken und Schlafsäcke habe ich euch zusammen gepackt.

Damit ihr den Weg findet, habe ich euch einen magischen Ring mitgegeben, der euch den Weg zeigen wird. Passt gut auf ihn auf und gebt ihn nicht aus der Hand. Er ist euer Wegweiser.

Am Abend des ersten Tages werdet ihr in einer Hütte übernachten können, am zweiten Abend steht eine warme Scheune für euch bereit.

Wenn ihr Tieren, Menschen oder anderen Wesen begegnet, seid freundlich zu ihnen, aber geht am besten euren eigenen Weg. Manche Wesen treiben gern Schabernack mit Menschen.

Am dritten Tag kommt ihr in das Land des Weihnachtsmannes, dort wird euch Johannes erwarten. Von da an wird er euch begleiten und sicher zum Weihnachtsmann führen.

Habt ihr noch Fragen?"

"Funktionieren unsere Handys?", wollte Jan wissen.

"Nein. Ihr könnt sie hier lassen, wenn ihr wollt. Dann belasten sie euch nicht unnötig", antwortete Ela.

"Was können wir tun, wenn wir in große Not geraten, oder die Reise sofort beenden wollen – zum Beispiel weil wir enorm große Angst haben?", fragte Anna leise.

"In große Not geraten könnt ihr nicht, davor braucht ihr keine Angst zu haben. Falls es aber so ist, dass ihr euch so sehr fürchtet, dass ihr unbedingt die Reise beenden wollt, was überhaupt kein Problem wäre, dann sagt dreimal das Codewort: 'Babyweinen', und wir beenden den Zauber auf der Stelle", antwortete Ela. "Es könnte jedoch sein, dass dieses Zurückholen etwas unsanft ist." Ela schmunzelte. "Aber ich glaube, dass das nicht passieren wird."

"Keine weiteren Fragen." verkündete Jan und grinste.

"Ich habe auch keine Fragen mehr", sagte Anna und schulterte ihren Rucksack.

"Gut", meinte Ela, "dann kann es ja los gehen. Ihr habt jetzt nichts weiter zu tun, als die Tür zu meinem magischen Zimmer zu öffnen, und schon seid ihr mitten in eurem Abenteuer. Ich wünsche euch alles Gute und passt gut auf euch auf!"

Jan öffnete die Tür und augenblicklich standen die beiden auf einer schneebedeckten Wiese.

"Oh schön", rief Anna, "Schnee, und es schneit immer noch."

"Da hätten wir ja unsere Skier mitnehmen können", meinte Jan, "aber wenn nicht überall Schnee liegt, sind sie auch ganz schön unhandlich."

"Wo müssen wir denn jetzt langgehen?", fragte Anna.
"Warte, ich nehme mal unseren Navi", Jan schmunzelte, holte den magischen Ring heraus, und warf ihn auf den Boden. Sofort begann der Ring zu leuchten und rollte ihnen voraus. "Super Erfindung", staunte Jan.

Sie gingen eine geraume Weile und kamen schließlich in einen Wald. Und es dauerte nicht lange, als sie ein lautes Wehklagen vernahmen.

"Ist denn niemand da, der mir helfen kann? Ich brauche Hilfe. Hilfe! Hört mich denn keiner?"

Jan und Anna sahen sich an und gingen vorsichtig weiter. Nach einer Weile gelangten sie zu einem Baumstumpf, auf dem ein unscheinbarer Zwerg saß.

"Oh schön, dass ihr kommt", rief der Zwerg.

"Wer bist du denn?", fragte Anna,"und was fehlt dir?

"Mein Name ist Achduschreck, ich komme aus dem Wald hinter dem Fluss und habe mich hierher verirrt. Was kein Problem wäre, aber ich habe hier keine Nahrung gefunden, weil die Kraftblume, von der ich mich ernähre, hier nicht finden kann. Und nun bin ich schon so kraftlos, dass ich, wenn ich nicht bald die notwendige Energie finde, sterben muss."

"Das ist ja schrecklich", meinte Anna. "Aber wir kennen deine Kraftblume gar nicht. Wir können dir gar nicht helfen." Anna war ratlos.

"Ihr könntet mir schon helfen, denn es muss vor allem die magische Energie sein, die in der Kraftblume, aber auch in anderen magischen Dingen vorhanden ist. Ihr habt so einen wunderbaren Ring, der würde mir helfen können."

Jan streckte seine Hand aus, und der magische Ring sprang in seine Hand zurück. "Den Ring können wir dir nicht geben, Achduschreck. Der Ring weist uns den Weg, den brauchen wir selbst ganz dringend."

"Ich weiß", antwortete Zwerg Achduschreck, "aber den Weg könnte ich euch auch zeigen. Und ihr gebt mir den Ring dafür. Auf diese Weise ist uns allen geholfen."

Jan trat dicht zu Anna und flüsterte. "Ela hat gesagt, dass wir auf den Ring aufpassen sollen. Erinnerst du dich."

"Ja",flüsterte Anna zurück. "aber wenn der Zwerg uns den Weg weist, dann brauchen wir doch den Ring gar nicht. Er scheint ihn viel dringender zu brauchen als wir."

"Und wenn er uns ein Märchen erzählt?", fragte Jan zurück, "wenn er uns gar nicht den Weg weisen kann? Oder es gar nicht will? Was machen wir dann?"

"Dann versuchen wir den Weg alleine zu finden, und wenn das nicht geht, müssen wir neu nachdenken", sagte Anna. "Ich würde dem Zwerg helfen wollen. Gib ihm den Ring."

"Ich bin mir nicht sicher, ob das eine gute Idee ist", flüsterte Jan, "aber leid tut er mir auch."

Laut sprach Jan zum Zwerg: "Ich hoffe, du meinst es wirklich ehrlich mit uns", und reichte dem Zwerg den blinkenden Ring.

"Ich gebe dir mein Zwergen-Ehrenwort", erwiderte Achduschreck, nahm den Ring und sobald er ihn in der Hand hielt, wurde er zusehend ein kleines Stück größer und runder, wobei sich der Ring in seiner Hand völlig auflöste."

"Ich bin euch sehr dankbar für eure Hilfe, und will euch gern den Weg zum Weihnachtsmann zeigen. Ihr müsst nur gut aufpassen, dann findet ihr meinen Wegweiser für euch", er zwinkerte lustig, "das ist nicht schwer."

"Danke Achduschreck, aber woher weißt du, dass wir zum Weihnachtsmann wollen?", fragte Jan verwundert.

"Denk dran", Zwerg Achduschreck lächelte, "ich habe euren Ring in mir."

"Alles Liebe für euch", sprach er, umarmte die beiden Kinder und war dann verschwunden.

"Da bin ich ja mal gespannt, wer uns den Weg weisen wird", sinnierte Jan.

Als sie nach einer längeren Weile auf eine große Lichtung traten, und sie nicht erkennen konnten, wohin sie sich wenden sollten, fragte Jan: "Und nun, wo ist der Wegweiser von Achduschreck?"

"Ich beobachte gerade einen wunderschönen blauen Vogel, der sich bereits eine ganze Weile in unserer Nähe aufhält", sagte Anna und wies dabei mit ihrer Hand auf einen lustigen hellblauen Vogel, der, als er ihre Aufmerksamkeit bemerkte, einen Kreis um sie beide flog, und vor ihnen heftig mit den Flügeln schlug.

"Sieht so aus, als wolle er uns zeigen, dass wir ihm folgen sollen", meinte Jan, und beide gingen dem Vogel hinterher. "Da hat Achduschreck also Wort gehalten."

"Ist doch toll", rief Anna, "so haben wir jetzt wieder einen Navigator." Anna freute sich und hüpfte um Jan herum.

☆☆☆

Die Dämmerung brach gerade herein, da erreichten sie wieder einen Wald, und nachdem sie einige Meter gelaufen waren, blieb Jan plötzlich stehen. "Ich fasse es nicht. Ich fasse es einfach nicht", rief er und schüttelte immer wieder den Kopf.

"Was ist los, Jan?", fragte Anna.
"Siehst du da vorne die Hütte stehen."

"Stimmt, da steht eine etwas merkwürdig anmutende Hütte. Es sieht aus, als würde sie nur auf einem Bein stehen.", bestätigte Anna.

"Genau", meinte Jan, "genauer gesagt steht sie auf einem Hühnerbein. Da wohnt gewöhnlich die Hexe Baba Jaga drin, die in den russischen Märchen ihr Unwesen treibt und dem Menschen nicht unbedingt freundlich gesonnen ist."

"Dann ist das gar nicht die Hütte, in der wir übernachten werden?" fragte Anna.
"Ich vermute viel eher, dass es ein lieber Gruß von Ela ist, die, genau wie mein Vater, russische Märchen sehr liebt. Da wird keine Hexe drin sein", lachte Jan. "Eigentlich hätte mir auch ein Knusperhäuschen wie bei "Hänsel und Gretel" gefallen, und auf die Frage, wer da am Häuschen knuspert, würde ich mit besonderer Freude antworten 'Der Wind, der Wind'". Dabei machte Jan hüpfende Bewegungen und tat so, als würde er mit einem Tuch tanzen. Anna konnte darüber nur den Kopf schütteln, zum Lachen war ihr im Moment nicht zumute.

Je näher sie kamen, umso unheimlicher wurde es Anna. Sie hielt sich ängstlich am Arm von Jan fest. "Wie kommen wir dort rein?", fragte sie.

"Es gibt da einen Spruch", meinte Jan, "ich kenne ihn, und hoffe, dass er mir jetzt einfällt. Warte mal:

Häuschen, Häuschen auf einem Bein,
dreh dich, dass ich kann hinein,
mit dem Rücken zum Walde dreh' dich
deine Tür weist zu mir und öffnet sich."

Kaum hatte Jan den Vers zu Ende gesprochen, drehte sich die Hütte auf einem Bein solange, bis die Tür sichtbar wurde, die sich daraufhin öffnete.

"Komm", rief Jan, "hab keine Angst, da ist sicher alles für den Empfang für uns vorbereitet.

Zaghaft ging Anna hinter Jan her, der rasch die kleine Treppe vor der Hütte hinauf stieg, einen kurzen Blick in die Hütte warf und sich zu Anna drehte: "Du kannst reinkommen, Anna, hier ist wirklich alles schön gemütlich und warm. Und nirgendwo ist eine Baba Jaga zu sehen", lachte er.

☆☆☆

Als die beiden abends in ihren Schlafsäcken lagen, spendete das Feuer des Kamins sein wärmendes Licht.

"Ganz einerlei war mir das heute auch nicht, als ich das erste Mal in die Hütte hier hineinging", gestand Jan. "Ich hatte auch ein wenig Angst."

"Davon habe ich überhaupt nichts gemerkt", Anna war überrascht. "Du sahst so sicher aus."

Jan lachte leise. "Nein, ich war ziemlich aufgeregt und auch ängstlich. Es hätte ja auch sein können, dass wir wirklich auf die Hexe Baba Jaga treffen. Aber das Wissen, dass du Angst hast, sorgte irgendwie dafür, dass ich mutig sein konnte. Das fand ich schon eigenartig." Und nach einer kurzen Pause fügte er hinzu: "Ein bisschen habe ich mich wie ein Beschützer gefühlt. Nun bist du auch meinetwegen hier in diesem Abenteuer, und ich wollte dort oben an der Treppe dafür sorgen, dass dir nichts passiert.

Hätte ich ein Schwert gehabt, hätte ich wie wild damit herumgefuchtelt. Einmal um jedem Angreifer Angst, und mir selber Mut zu machen."

"Danke Jan", sagte Anna berührt. "Das war auch zu spüren, dass du mich beschützen wolltest. Das ist sehr lieb von dir."
"Aber sei dir ganz sicher Anna, da gibt es noch viel mehr liebevolle Wesen, die dafür sorgen, dass uns beiden nichts passiert. Schlaf du jetzt schön."
"Du auch, Jan, Gute Nacht."
"Gute Nacht Anna!"

Am nächsten Morgen schliefen die beiden Kinder so lange, bis die Sonne durch das kleine Fenster des Hexenhauses schien. Der vergangene Tag und die Aufregung hatte sie müde gemacht, und die Geräusche des Waldes waren hier kaum zu hören.
In Ruhe machten sie sich fertig, frühstückten, und brachen dann auf.

"Und wie dreht sich das Häuschen jetzt wieder zum Wald, damit niemand hinein kommt?", wollte Anna wissen.

"Oh", meine Jan, "den Spruch kenne ich nicht, aber ich mache das mal anders." Er drehte sich zum Hexenhaus um und sagte:

"Häuschen du, auf einem Bein,
wir lassen dich jetzt wieder allein.
Hab Dank dafür, dass du uns zur Nacht
so wunderbar behütet hast.
Jetzt dreh dich so,
wie es mal war,
zum Wald die Tür,
und deinen Rücken zu mir."

Langsam und knarrend drehte sich das Häuschen so, dass die Tür wieder zum Wald zeigte.

"Auf Wiedersehen", riefen Jan und Anna, winkten noch einmal und folgten dann ihrem kleinen fliegenden Wegweiser.

Auf der ersten Hälfte des Wegs ließ es sich gut gehen, dann wurde der Pfad immer schmaler und unwegsamer. Die Bäume standen sehr dicht, und viele Baumwurzeln auf dem Boden machten das Gehen beschwerlich. "Pass gut auf", rief Jan, der vorging, Anna zu, "hier ist eine ganz unebene Strecke. Warte, ich helfe dir." Jan drehte sich um und wollte gerade Annas Hand fassen, um ihr über das schwierige Stückchen zu helfen, da rutschte Anna mit ihrem rechten Fuß aus und fiel mit einem Aufschrei hin.

"Ist dir was passiert?", fragte Jan und hockte sich neben sie.

Anna wollte aufstehen, als sie jedoch mit dem linken Fuß auftreten wollte, schrie sie vor Schmerz auf. "Aua, mein Fuß!"

Jan blickte sich suchend in der Gegend um. "Komm Anna, ich helfe dir auf und wir gehen erst einmal zu dem Baumstumpf dort drüben. Stütz dich auf mich, dann geht es leichter."

Mit Jans Hilfe erreichten beide den Baumstumpf, auf den sich Anna setzte.

"So, und nun lass uns mal in Ruhe nachsehen, was mit deinem Fuß ist. Zuerst nehme ich dir aber deinen Rucksack ab, der stört jetzt nur", meinte Jan und löste Annas Rucksack und stellte ihn auf den Boden. Dann kniete er sich vor ihr Bein und begann es vorsichtig zu betasten. "Schrei einfach, wenn's weh tut."

"Aua", rief Anna, als er ihren Knöchel berührte.

"Mhh, gut sieht das nicht aus. Kannst du den Fuß bewegen, Anna?"

"Ein bisschen schon, aber es tut weh dabei."

"Gut", meinte Jan, "viel können wir da jetzt nicht tun, ich denke, dass ich dich stützen werde, und wir auf diese Art versuchen, zur Scheune zu kommen. Es wird sicher eine Weile dauern, aber etwas anderes weiß ich gerade nicht."

Anna schnallte sich ihren Rucksack wieder auf den Rücken, dann stand sie auf, stützte sich auf Jan, und mit schmerzverzerrtem Gesicht ging sie einige Schritte neben ihm her, bis sie stehen blieb: "So geht das nicht, Jan. Ich habe bei jedem Schritt starke Schmerzen. Das kann ich nicht lange, und wir werden Ewigkeiten brauchen, bis wir da sind."

"Stimmt", meinte Jan. "Okay, lass uns was anderes machen. Ich werde dich einfach huckepack tragen. Weißt du, wie das geht?", fragte er.

"Nur ungefähr, es ist lange her, dass mich mein Vater so getragen hat", erwiderte Anna.

"Pass auf, du stellst dich jetzt hinter mich, ich mache mich klein, so dass du deine Arme um meine Schultern legen kannst. Meine Arme umfassen deine Knie von hinten, und dann stehe ich mit dir zusammen auf. Du hältst dich mit deinen Armen fest und sitzt praktisch auf meinen Armen. Meinen Rucksack musst du dann irgendwie noch mit deinen Händen halten, den können wir hier nicht zurücklassen. Alles klar, Anna?"

"Ja".

Jan schwankte ein wenig zu Beginn, und er hatte anfangs ein wenig Mühe, Annas Beine richtig festzuhalten, dann ging es aber recht zügig voran.

Nach etwa 500 Metern war Jan jedoch ziemlich außer Atem, und er musste Anna auf einem quer liegenden Baum absetzten.

"Ich will nach Hause, Jan. Mir tut mein Fuß weh…, ich habe Angst, dass es etwas Schlimmes ist…, wir kommen nicht vorwärts… Ich will nicht mehr!" Anna begann leise zu schluchzen und weinte.

Jan setzte sich neben Anna, und legte seinen Arm um ihre Schulter. "Weine ruhig, Anna. Das löst die ganze Anspannung ein wenig. Weine, das ist in Ordnung so. Aber sei dir ganz sicher, dass wir hier nicht alleine sind."

Anna rückte ganz nah an Jan heran, und er strich ihr mit seiner Hand beruhigend über ihren Arm.

"Lieber Gott", begann Jan zu beten. "ihr lieben Bewohner des Waldes, und all ihr unsichtbaren guten Wesen. Ich danke euch von ganzem Herzen, dass ihr uns bis hier her so wunderbar geleitet und unterstützt habt.

Ich bitte um eure Hilfe, damit Anna und ich auf möglichst leichte Weise zu unserer Scheune gelangen, und dass wir ein Mittel finden, damit Anna nicht so heftige Schmerzen hat.

Danke. Amen!"

"Ich bewundere dich, Jan", unterbrach Anna nach eine ganzen Weile das Schweigen.

"Aber warum?"

"Du gehst so ganz selbstverständlich davon aus, dass wir von Geistern und Wesen umgeben sind, die uns beschützen und helfen, du betest so, als wäre alles ganz selbstverständlich."

"Für mich ist es auch selbstverständlich, Anna", Jan schaute sie lächelnd an. "Ich habe das große Glück, eine liebevolle Hexe als Oma zu haben, die mich so oft in den Wald mitgenommen hat, und die mir gezeigt hat, dass es viel mehr gibt, als wir mit unseren Augen sehen können. Sie hat mir immer wieder erklärt, wie wichtig es ist, alles mit dem Herzen zu tun. Sehen mit dem Herzen, sprechen und handeln aus meinem Herzen heraus, und dann öffnet sich die Welt auf eine ganz bezaubernde Weise...

Und hier spüre ich regelrecht, dass wir eingewoben sind in ein Netz aus Liebe, da ist mir das beten besonders leicht gefallen."

"Wie du das so sagst, kann ich es jetzt auch spüren, Jan. Es ist gerade so ein herrliches Gefühl in mir, dass mich ganz weich werden lässt..."

Plötzlich hörten die beiden Geräusche und eine Stimme, die ihnen bekannt vorkam...

"Ich habe gehört, dass ihr in Not seid, meine lieben Freunde", rief Zwerg Achduschreck, "und da bin ich gleich mit meinem Schlitten zu euch gekommen, um euch zu helfen."

Achduschreck lief auf die beiden Kinder zu, umarmte Jan, und kniete sich dann neben Anna, und drückte sie behutsam. "Tut dein Fuß sehr weh?", fragte er.

"Ja", erwiderte Anna, "nur jetzt, wo er ruhig liegt, ist es nicht so schlimm."

"Alles wird gut, Anna", Achduschreck legte seine Hand auf sein Herz, "das kannst du mir wirklich glauben."

Anna begann bei seinen Worten leise zu weinen, und Zwerg Achduschreck strich ihr sanft über den Kopf. "Weine ruhig, das löst die ganzen Verspannungen. Aber wisse auch, dass es wirklich gut wird!"

Achduschreck rückte den Schlitten ganz nah zu Anna: "Du setzt dich jetzt auf den Schlitten, Anna, und wir beide", wobei er auf Jan und sich wies, "werden den Schlitten ziehen. Und du wirst sehen, es wird nicht lange dauern, dann sind wir bei eurer Scheune."

Und es dauerte wirklich nur eine halbe Stunde, bis sie vor ihrem heutigen Quartier standen.

Drinnen waren bereits die Lager zur Nacht bereitet, ein Feuer brannte in einer Nische und verströmte wohlige Wärme.

Jan und Zwerg Achduschreck brachten Anna in die Scheune, und halfen ihr behutsam auf das liebevoll bereitete Nachtlager.

"Gute Nacht ihr zwei, und schlaft recht schön. Morgen früh sieht alles schon wieder ganz anders aus", Zwerg Achduschreck verabschiedete sich und winkte Jan noch einmal nach draußen. Dort drückte er ihm ein kleines Kräuterbündel in die Hand und sprach: "Gieße diese Kräuter bitte mit heißem Wasser auf. Davon gibst du ihr eine Tasse voll zu trinken, und mit dem Rest machst du ihr, nachdem alles etwas abgekühlt ist, Umschläge um ihren Fuß. Das wird ihre Schmerzen lindern und die Heilung beschleunigen."

"Danke Achduschreck. Du hast uns jetzt wirklich sehr geholfen", sagte Jan verlegen.

"Freunde helfen sich, Jan. Ihr habt mir einen großen Dienst erwiesen, als ihr mir den Ring gabt, wofür ich euch sehr dankbar bin, und heute kann ich euch helfen. So einfach ist das.

Geh nun hinein, lass Anna nicht so lange warten." Achduschreck umarmte Jan noch einmal, dann war er verschwunden.

Jan erzählte Anna von den Kräutern und stellte gleich einen Topf mit Wasser auf den Herd. Während es warm wurde, kniete er sich neben ihren Fuß. "Wir müssen dir die Sachen ausziehen. Wenigstens Schuhe, Hose und Strümpfe, damit ich dir nachher die Umschläge machen kann."

"Hilfst du mir", fragte Anna.
"Sehr gerne."

Nach einer Weile waren alle hinderlichen Kleidungsstücke von den Füßen entfernt. "Das ist auch kein Wunder, dass dir der Fuß wehtut" sagte Jan, "der Knöchel ist ziemlich angeschwollen." Behutsam legte Jan ihr eine Decke über die Füße, dann kümmerte er sich um das Wasser auf den Herd.

"Der Tee ist noch ziemlich heiß, Anna", sagte Jan und gab ihr die dampfende Tasse.
Er setzte sich neben sie auf den Boden. "Darf ich meine Hände auf deinen Fuß legen?", fragte er.

"Wieso willst du mir die Hände auflegen, ist das nicht Aberglaube?", fragte Anna verwundert.

Jan lachte. "Kann sein, dass es mal Aberglaube war, aber Ela hat mir erzählt, dass dies eine uralte Form der Heilung ist, die man sicher schon in der Urzeit gekannt hat", er schmunzelte, "okay, das ist nicht so ganz sicher. Aber sehr lange schon. Mütter legen auch ihren Kindern die Hand auf den Bauch, wenn sie nicht schlafen können, oder Bauchschmerzen haben. Ela sagte zu mir, dass ich immer helfen kann, und sei es nur, das ich meine Hand auflege. Das tut nicht nur unserem Körper gut, sondern auch unserer Seele, und nicht zuletzt fühlt es sich gut an."

"Und betest du dabei auch?", wollte Anna wissen.
"Ja, ich bete immer dabei, aber nur für mich."
"Könntest du heute meinetwegen ausnahmsweise laut beten? Ich würde gern wissen, was du dann sagst."
"Ich bin ganz ehrlich, Anna, ich geniere mich dabei ein wenig. Ich sage das immer nur leise, weil ich da so bete, wie es mir einfällt." Und nach ei-

nem Schweigen: "Gut, aber bitte lache mich nicht aus, Anna", Jan sah ihr kurz in die Augen, und schaute dann schnell weg.

"Nein, ganz bestimmt werde ich dich nicht auslachen, Jan. Weißt du, wir kennen uns schon lange, aber in den letzten Tagen spüre ich, wie anders du bist. Du weißt so viel von magischen und unbekannten Dingen, von denen kaum jemand etwas zu wissen scheint. Und ich selbst erlebe auch so viel Wunderbares - mit dir und durch dich, das ich ganz fasziniert von all dem bin. Du bist..., du bist so groß geworden, Jan. Mir gefällt das sehr, und ich würde auch gern ... ein Stück wachsen." Anna lächelte.

Jan legte seine Hände behutsam auf Annas Fuß und betete:

"Lieber Gott, ich danke dir, dass ich deine wunderbare und heilsame Energie an Anna weiter geben kann. Lass meine Arme und Hände ein Kanal sein für deine Energie, und hilf mir, mich mit meinem Wollen und Wünschen zurück zu halten. Denn nur du und die Seele von Anna wisst, was zu tun ist.
Dein Wille geschehe!
Amen."

Jan ließ seine Hände lange auf ihrem Fuß liegen, wechselte manchmal die Position, und strich am Ende noch einige Male behutsam über ihr Bein, ohne es wirklich zu berühren. "Damit deine Energie, deine Aura wieder ganz glatt wird", erklärte er Anna.

Als Jan vorsichtig aufblickte,, sah er, dass sie Tränen in den Augen hatte.

"Was ist los, Anna?", fragte er verwundert.

"Weißt du, was mich so unheimlich be-
rührt?", sie sah Jan fragend an.
"Nein."

"Mich berührt, weil da jemand ist, der auf so liebevolle Weise für mich da ist", Anna schluchzte kaum hörbar. "Du kümmerst dich auf so rührende Weise um mich, wie ich es bisher nur von meiner Mama erlebt habe. Du betest für mich..., du hilfst mir, wo du kannst..., du sorgst dafür, dass es mir gut geht...., und alles mit einer solchen liebevollen Selbstverständlichkeit...., das ich jetzt einfach weinen muss...", Anna lachte unter Tränen.

"Das ist schon okay", nuschelte Jan, stand auf und holte die Schüssel mit dem Kräutersud.

Während er ihr den Umschlag machte, erklärte er: "Weißt du, ich fühl mich auch ein wenig schuldig. Schließlich habe ich dich zu diesem Abenteuer fast überredet, und nun bist du deswegen verletzt. Da ist es doch das Wenigste, dass ich dir helfe. Aber selbst in jedem anderen Fall ist helfen für mich selbstverständlich .Das würdest du genauso tun."

"Du brauchst dich nicht schuldig fühlen", entgegnete Anna, "Es war meine Entscheidung mit dir zu gehen, und ich bin im Wald unvorsichtig gelaufen, wobei ich mich verletzt habe. Wer weiß, vielleicht war das ja gar nicht so zufällig.", Anna schmunzelte. "Und dennoch finde ich es außergewöhnlich, auf welche Weise du mir hilfst."

Anna nahm Jans Hand und blickte ihn an. "Ich weiß, es ist schwer Lob anzunehmen, aber lass es einfach so stehen Jan. Es ist schon alles okay so!"

☆☆☆

Als Jan am nächsten Morgen wach wurde, fiel ihm als erstes Annas verletzter Fuß ein. Abrupt setzte er sich aufrecht hin, räkelte sich und schaute zu ihr hinüber. Sie hatte ihre Augen noch geschlossen, als er jedoch genauer hinsah, bemerkte er, dass sich ihr Fuß ständig bewegte.

"Bist du schon wach, Anna", fragte er.

Anna drehte ihren Kopf zu ihm hin. "Ja, und mein Fuß ist bereits viel besser geworden. Ich spüre fast keinen Schmerz mehr."

"Das ist ja schön." Jan rutschte ein wenig näher zu ihr. "Guten Morgen erst einmal. Hast du gut geschlafen?"

"Guten Morgen. Ja, ich bin gleich eingeschlafen, nachdem du den zweiten Umschlag gemacht hast, und heute erst kurz vor dir wach geworden", sagte Anna. "Ich fand das, was du gestern für mich getan hast, so fürsorglich und berührend..., ich bin mit dem Gefühl eingeschlafen, dass alles nur gut werden kann."

"Ich war noch eine ganze Weile wach", erzählte Jan. "Mir ging die ganze Situation mit dem Unfall noch durch den Kopf, und ich war auch aufgeregt, was uns der heutige Tag bringen wird."

"Stimmt ja", fiel Anna ein, "heute treffen wir den richtigen Weihnachtsmann. Da bin ich aber auch gespannt."

"Lass' uns aufstehen", schlug Jan vor, "ich gehe zuerst ins Bad und mache uns dann Frühstück."

"Au fein, da kann ich noch einen Moment liegen bleiben", rief Anna und zog sich die Decke über beide Ohren.

☆☆☆

Nachdem sie gefrühstückt hatten, begannen sie, ihre Sachen zusammen zu packen. Da Anna noch Schmerzen in ihrem Fuß hatte, half Jan ihr dabei.

Plötzlich hörten sie leise Glöckchen läuten. Jan rannte zum Fenster und Anna folgte ihm langsam.

"Da ist ein Rentierschlitten vor unserer Tür", rief Jan begeistert, "und da ist Opa Johannes..."

Blitzschnell zog er sich seine Jacke über, schlüpfte rasch in seine Schuhe und rannte nach draußen: "Opa Johannes, Opa Johannes...", und fiel in die ausgebreiteten Arme von Johannes.

"Das ist so schön, dich wiederzusehen", Jan rannen Freudentränen aus den Augen, "ich habe dich so sehr vermisst!"

"Ich weiß", Johannes hielt Jan fest umschlungen, "Ich weiß mein Junge, aber ich bin immer in deiner Nähe gewesen. Und freue mich so, dich heute wieder in die Arme zu nehmen."

Inzwischen war Anna näher gekommen. Opa Johannes stellte Jan auf den Boden und ging auf sie zu. "Und dich kenne ich auch. Du bist Anna, Jans Sandkasten-Freundin", er lachte, "das ist lange her, ich weiß, aber befreundet seid ihr doch immer noch, sonst wärst du heute nicht hier. Lass dich in den Arm nehmen Anna." Er umarmte und drückte sie behutsam.

"Dein Fuß ist, wie ich sehe, noch nicht ganz in Ordnung. Aber warte, das haben wir gleich", Er setzte Anna auf den Schlitten, kniete sich neben sie, und legte beide Hände für wenige Augenblick um ihren Fuß. "So, das sollte jetzt in Ordnung sein", brummte er dann. "Versuch mal, ob du jetzt wieder laufen kannst."

Anna stand auf, stieg vorsichtig vom Schlitten, und hüpfte dann ausgelassen durch den Schnee. "Es ist wie ein Wunder", rief sie, "der Fuß ist vollkommen in Ordnung. Danke Herr…"
"Du kannst ruhig Johannes zu mir sagen. Den Herrn und Opa könnt ihr getrost weglassen. Das macht mich nur älter…", Johannes grinste.

"Danke Johannes", beendete Anna ihren Satz.
"Wenn das Hand auflegen war, dann muss ich noch viel lernen", staunte Jan, "so würde ich das auch gerne können."
"Darüber reden wir ein anderes Mal", erwiderte Johannes. "Jetzt führt uns unserer Weg erst einmal zum Weihnachtsmann. Kommt, wir holen eure Sachen und dann geht es los…"

Vier Rentiere zogen den Schlitten, in dem jetzt Johannes, Anna und Jan saßen, und nach einer kurzen Fahrt durch den Schnee, einem kräftigen "Ho-Ho-Ho", erhoben sich die Rentiere in die Luft.

"Boah", rief Jan, "wie der Weihnachtsmann in den Filmen fliegen wir jetzt durch die Luft. Wahnsinn!"
Die Reise endete jedoch schon nach kurzer Zeit und sie landeten in einem verschlafen wirkenden, kleinen Ort.
"Kommt ihr zwei", rief Johannes, "ich bringe euch jetzt zum Weihnachtsmann."
Sie liefen noch ein Stück, dann hielten sie vor einem unscheinbaren Haus.

"Das soll das Haus vom Weihnachtsmann sein?", fragte Jan ungläubig.
"Was hast du denn geglaubt, wie es aussehen könnte?", fragte Johannes.

"Ich weiß gar nicht", erwiderte Jan, "vielleicht einfach nur größer, auffallender..."

Johannes öffnete die Tür: "Geht einfach nur hinein, ihr werdet den Weihnachtsmann nicht verfehlen", sagte er, und schloss die Tür hinter ihnen wieder.

Anna suchte Jans Hand, und hielt sich an ihm fest. In dem Raum, in dem sie standen brannte ein diffuses Licht, das die Umgebung nur spärlich beleuchtete. Vor ihnen war eine angelehnte Tür, aus der helles Licht drang, und Jan ging ein paar Schritte darauf zu und öffnete sie.

"Hallo", rief er.
"Kommt ruhig herein", rief eine Stimme von drinnen, und zögernd traten die Kinder ein.

In der Mitte des Raumes stand ein runder Tisch mit einem wunderschönen Adventsgesteck, auf dem bereits alle 4 Kerzen brannten. Eine gemütliche Couch und ein großer Ohrensessel standen um den Tisch herum.
Die beiden Kinder konnten den Weihnachtsmann nicht sehen, seine liebevolle Präsenz war jedoch sehr deutlich spürbar. Jan stellte sich vor, dass ein großer, runder Weihnachtsmann mit rotem Mantel und weißem Bart gemütlich in dem Ohrensessel saß.

"Ihr könnt mich nicht sehen, stimmts?", fragte der Weihnachtsmann.
"Ja", gestanden Anna und Jan fast gleichzeitig.

"Ihr braucht nichts weiter tun, als all eure liebevollen Gedanken, Erlebnisse und Gefühle noch einmal in euer Gedächtnis zu rufen", erklärte der Weihnachtsmann, " Vielleicht lasst ihr euren Weg bis hier her noch einmal vor euren inneren Augen ablaufen. Was war dort schön, was hat euch Kraft gegeben, was hat euer Herz berührt. Schaut euch dabei an, haltet euch an den Händen, umarmt euch, wenn ihr wollt. Und wenn ihr richtig aufgeladen seid mit schönen Gefühlen, dann schaut wieder zu mir, und wenn ihr euch dabei an den Händen haltet, oder euch umarmt, dann werdet ihr mich sicher sehen können."Jan und Anna fassten sich bei den Händen, und es war unschwer zu erkennen, wie sie sich an ihre Erlebnisse der letzten Tag erinnerten. Danach schauten sich beide lange in die Augen, und umarmten sich ein wenig linkisch. Sie hielten sich immer noch an den Händen, als sie sich zum Weihnachtsmann umdrehten ...

... und Johannes erkannten.

"Du bist der richtige Weihnachtsmann?" fragte Jan überrascht.

"Und wieso können wir dich als Johannes sehen und als Weihnachtsmann nicht mehr?", wollte Anna wissen.

"Eins nach dem anderen", antwortete Johannes. "Jetzt macht es euch erst einmal auf der Couch gemütlich. Ihr müsst ja nicht die ganze Zeit stehen."

Nachdem sich die Kinder ihre Plätze gesucht hatten, begann Johannes zu erzählen: "Ja, ich bin, wenn ihr so wollt, der richtige Weihnachtsmann. Ich würde mich nie so nennen, weil alle Menschen, die sich als Weihnachtsmann verkleiden, und die im Sinne der Liebe handeln, genauso richtige Weihnachtsmänner sind."

"Und was heißt das 'im Sinne der Liebe'?", wollte Anna wissen.

☆☆☆

"Das heißt im Grunde", Johannes sah abwechselnd zu Jan und Anna, "alles mit dem Herzen zu tun, denn das Herz ist der Ort, wo die Liebe ihr zuhause hat. Und es meint wirklich liebevoll mit den Menschen zu reden, sie mit liebevollen Augen zu betrachten und sie auch so zu behandeln. Jeder Mensch ist so, wie er ist. Und genauso ist er von Gott, von der Liebe gewollt. Genauso ist er richtig. Da gibt es nichts zu verurteilen, ich schaue sie einfach nur mit den Augen der Liebe an. Jeder ist so, wie er ist in Ordnung."

"Ja, und genauso habe ich dich als Weihnachtsmann in Erinnerung", warf Jan ein, "Du hast immer auch nach meinen Sorgen, Nöten und Freuden gefragt, hast mich total ernst genommen, als wäre ich ein Erwachsener. Du hast mir unendliche Male Mut gemacht..., mich gelobt..., mich unterstützt..., aber auch klar gesagt, wenn ich einen Fehler gemacht habe. In allem war deine Liebe spürbar, und das tat so unendlich gut. Heute fehlt mir das manchmal sehr."

"Danke, Jan", Johannes wirkte fast verlegen. „Was aber den Weihnachtsmann betrifft. Es gab in vielen Kulturen Feste um die Wintersonnenwende, das ist am 21. oder 22. Dezember, mit den verschiedensten Göttern, Heiligen und anderen Wesen. Aus all dem entstand schließlich die Figur des Weihnachtsmannes. Und dadurch, dass Weihnachten und die Geburt Christus auf einen Tag fielen, wurde Weihnachten das Fest der Liebe und des Friedens.

Das Bild des Weihnachtsmannes verbreitete sich in der ganzen Welt. Viele Menschen waren von dieser Idee so begeistert, dass sie sich ebenfalls als Weihnachtsmann verkleideten, um die Liebe und den Frieden in der Welt zu verbreiten. Es gab aber auch viele himmlische Weihnachtsmänner, die unsichtbar waren, und so wie ich im Himmel lebten.

"Und wie kommt es nun, dass wir dich als Johannes sehen können, als Weihnachtsmann jedoch nicht?", wollte Jan wissen.

"Das liegt daran, weil die Liebe die höchste Schwingung auf der Welt ist.

Die Menschen haben eine relativ niedrige Schwingung, deswegen sind sie sichtbar und sehr fest. Höher schwingende Wesen sind viel leichter und werden transparent. Der Weihnachtsmann, der die Schwingung der Liebe besitzt, schwingt am höchsten und ist daher unsichtbar. Du kannst so etwas Ähnliches an deinem Fahrrad ausprobieren. Je schneller du das Vorderrad drehst, umso 'unsichtbarer' werde die Speichen.

Zu Weihnachten, zum Fest der Liebe, erhöht sich jedoch die Schwingung auf der Erde. Vieles erscheint liebevoller, strahlender und schöner. Daher ist es für die Menschen leichter möglich, auch Engel und andere himmlische Wesen zu sehen, und es ist spürbar viel mehr die Liebe auf der Erde."

"Und woher hast du die vielen Geschenke?", wollte Jan wissen.

"Ich habe immer die genau richtigen Geschenke bei mir. Das ist mein kleines Geheimnis. Hier im Himmel ist manches ein bisschen anders." Johannes schmunzelte.

"Sind wir denn hier im Himmel?", fragte Anna überrascht.

"Ja, hier seid ihr im Himmel", Johannes schmunzelte, "Eigentlich stimmt das so nicht ganz. Im Grunde sind wir nur auf einer höher schwingenden Ebene, aber für euch ist das sozusagen der Himmel."

"Und wie kommen wir wieder nach Hause?", fragte Anna weiter.

"Keine Sorge, Anna, da bringe ich euch ganz persönlich hin." Johannes legte ihr beruhigend die Hand auf die Schulter.

"Bleibst du jetzt wieder für immer bei Ela?"; Jan sah Johannes fragend an.

"Das geht leider nicht, Jan. Ich muss hier im Himmel bleiben, mein Leben auf der Erde ist beendet. Aber ich kann gerne als Weihnachtsmann zu euch kommen, wäre das ein Kompromiss?" wollte Johannes wissen.

"Au ja", rief Jan, "das wäre schön, du bist der weltbeste Weihnachtsmann." Alle mussten darüber lachen.

"Dich würde ich auch gern als Weihnachtsmann erleben!"; sagte Anna träumerisch, "früher hat das mein Papa gemacht, aber seit er seine neue Familie hat, kommt er nur noch ganz selten vorbei."

"Ela feiert allein", zählte Johannes auf, "Anna feiert mit ihrer Mama zusammen, und Jan feiert ebenfalls nur mit seinem Papa, weil seine Mama nicht mehr da ist, aber ihr möchtet alle denselben Weihnachtsmann. Das wäre doch eine wunderschöne Gelegenheit Weihnachten einmal anders als sonst zu feiern, oder?"

"Oh, ja, wir feiern alle zusammen Weihnachten", rief Anna, "das wäre bestimmt ein tolles Erlebnis."

"Und Johannes kommt als Weihnachtsmann", freute sich Jan.

"Wir fragen, ob wir bei Ela in ihrem wunderschönen Haus feiern können. Dort ist so viel Platz, und bestimmt ist es ganz gemütlich", schlug Anna vor.

"Und wir bringen den Tannenbaum mit, den hat mein Papa nämlich schon vom Förster aus dem Wald geholt", verkündete Jan stolz.

"Ich erzähle wie schön es bei Ela ist, und das es meiner Mama sicher auch mal gut tut, nicht alles alleine zu machen", rief Anna.

"Na da habt ihr ja schon schöne Ideen", meinte Johannes. "Passt auf, ich werde euch jetzt beide zu Ela bringen, und dann redet ihr erst mit Ela, aber das ist sicher nicht schwierig. Anschließend habt ihr nur noch die Aufgabe, eure Eltern von eurem Wunsch zu überzeugen. Da habt ihr sicher noch einiges zu tun. Aber", flüsterte Johannes hinter vorgehaltener Hand, "die Sterne stehen für euch total günstig."

Johannes hatte Recht: Ela war sofort bereit, ihr Häuschen für die Feier zur Verfügung zu stellen. Etwas schwieriger gestaltete es sich für die Kinder, ihre Eltern für ihren Wunsch zu begeistern.

Aber auch das war für die beiden kein wirkliches Problem mehr, nach ihrem gemeinsamen Abenteuer im magischen Wald.

Schließlich war aber noch viel zu tun. David, der Vater von Jan brachte mit seinem Auto den Weihnachtsbaum in Elas Haus und stellte ihn dort auf. Juliane, die Mama von Anna, kümmerte sich um die kulinarischen Leckerbissen, und David half ihr, alle Lebensmittel zu Ela zu fahren.

Die Kinder dekorierten das Weihnachtszimmer und hängen bunte Sterne in die Fenster.

Am letzten Adventssonntag wurde bei weihnachtlichen Liedern aus dem Radio, mit viel Gelächter und Freude von allen gemeinsam der Tannenbaum geschmückt.

Dann war es soweit – Heilig Abend

Als es nach dem Kaffeetrinken dunkel wurde, versammelten sich alle im Wohnzimmer, und Ela schaltete die Weihnachtsbaumbeleuchtung ein, während David und Juliane alle Kerzen im Zimmer entzündeten.

Ehrfurchtsvoll blickten alle auf den strahlenden Baum, als plötzlich das Licht kurzzeitig flackerte.
Fast gleichzeitig wurde ein rhythmisches Glöckchenläuten hörbar.

"Hört ihr das auch?, fragte Jan.

Niemand antwortete ihm, alle lauschten nur ganz aufgeregt, ja es schien fast, als würden alle die Luft anhalten. Das Läuten verstummte.

"War doch nichts weiter", verkündete David und schaltete den CD-Player mit weihnachtlicher Musik ein.

Plötzlich klopfte es laut an der Terrassentür.
Ela zog die Gardine beiseite, öffnete die Tür und mit einer Wolke Schneeflocken trat der Weihnachtsmann in das Wohnzimmer. Im gleichen Augenblick schien es im Raum heller zu werden, die Lichter leuchteten strahlender, und der Raum wurde von einer liebevollen Energie erfüllt, die jeden tief im Herzen berührte.
"Guten Abend Ihr Lieben", sagte der Weihnachtsmann.

"Guten Abend, lieber Weihnachtsmann", kam es nach und nach aus allen Richtungen.

"Jetzt seid ihr sicher ein wenig überrascht, oder?"

"Ja …. das sind wir …. und wie…"

"Ich bin heute zu euch gekommen, weil ich euch an die Liebe erinnern möchte. Die Liebe, die in euren Herzen wohnt. Ihr spürt sie im Moment ganz deutlich. Nun schaut euch an, wer unmittelbar neben euch steht, und wenn es für euch stimmig ist, dann reicht euch die Hand.
Vielleicht war es ja wirklich kein Zufall, aber es hatte sich so ergeben, dass David entschuldigend Julianes Hand nahm, Anna ergriff freudig Jans Hand und Ela blickte fragend ihre Hand und den Weihnachtsmann an, der daraufhin brummte: "Wer keine Hand hat, kann auch meine nehmen.." Strahlend nahm Ela die Hand vom Weihnachtsmann.

"Und nun schließt einfach eure Augen. Schließt die Augen und fühlt, wie sich eure Liebe anfühlt, wie sich die Hand des anderen anfühlt. Einfach nur fühlen. Offen bleiben und fühlen…"

Eine ganze Weile hörte man nur weihnachtliche Musik und ein vereinzeltes Schluchzen.

"Jetzt könnt ihr eure Augen wieder aufmachen", sagte der Weihnachtsmann sanft. "Ich glaube, jetzt habt ihr eure Liebe deutlich spüren können. Ihr habt so viel Liebe in euch, die ihr einfach nur fließen lassen braucht, wohin auch immer. Und ihr habt bemerkt, dass eure Liebe etwas in den anderen bewirkt, dass ihr damit etwas in Bewegung setzt, und dass auch ganz viel Liebe wieder zu euch zu-rück fließt. Liebe verändert alles auf ganz zauberhafte Weise.", der Weihnachtsmann schmunzelte und blickte auf Ela, die neben ihm strahlte.
"Aber ich habe euch auch ein paar Geschenke mitgebracht. Ich bin ja der Weihnachtsmann", er lachte.
Als erstes ging er zu Anna und Jan und kniete sich vor sie hin. "Ich habe für euch beide ein klitzekleines Geschenk", sagte er und überreichte beiden einen Ring.

"Oh, ein Zauberring", sagte Jan.

"Der magische Ring", staunte Anna.

"Der Ring soll euch daran erinnern, dass Freundschaften etwas Wunderbares im Leben sind". Er flüsterte: "Ich soll euch einen schönen Gruß von Achduschreck bestellen."

"Oh danke, lieber Weihnachtsmann", sprachen beide im Chor, blickten sich an und prusteten.

Der Weihnachtsmann ging zu David und Juliane. "Auch euch habe ich etwas mitgebracht." Er wies auf ihre Hände, die sie immer noch hielten und sagte: "Ich finde es so schön, dass ihr euch noch bei den Händen haltet, auch wenn ihr es vielleicht nur vergessen habt. Es zeigt mir aber, dass es sich für euch gut anfühlt miteinander verbunden zu sein, und das ist doch etwas sehr Schönes."

"Ja, wir haben es nur vergessen", erklärte David, wurde ein wenig rot dabei, und wollte seine Hand wegziehen.

"Lass es ruhig so, David, ihr könnt doch zeigen, dass es euch so gefällt. Eure Kinder wären die ersten, die sich darüber freuen würden", wobei er auf Anna und Jan wies, die miteinander tuschelten.

"Damit ihr euch ein wenig besser kennen lernt, habe ich euch ein Spiel mitgebracht. Da gibt es unendlich viele Fragen aus allen Bereichen, die ihr euch stellen könnt, und der andere muss darauf antworten." Er reichte ihnen ein größeres Paket. "Aber das ist so mehr für die ganze Familie."

Aus seinem Mantel holte er drei größere Sterne. "Das ist mein ganz besonderes Geschenk für euch. Es sind 'gute' Sterne, und das meine ich im wahrsten Sinne des Wortes. Ihr kennt ja sicher den Spruch, dass etwas unter einem guten Stern steht. Solche Sterne sind das. Es sind genau drei Sterne. Für jeden von euch einen, und für euch beide zusammen den größeren. Ihr könnt dort etwas drauf schreiben, was einen 'guten Stern' braucht. Nichts Materielles, kein Geld oder Besitz, nur Ziele zum Beispiel, die ihr erreichen wollt, was ihr schaffen wollt, was gelingen soll... Es sind auch keine Sterne zum Wünsche erfüllen. Aber die Vorhaben, die dort drauf stehen, stehen von vorneherein unter einem 'guten Stern', werden sozusagen himmlisch gefördert. Ein Stern für jeden von euch, und ein Stern für euch beide, da ich schon denke, dass ihr manches gemeinsam machen wollt. Ach ja, diese Sterne leuchten im Dunkel, das ist wohl der neuste Schrei der Technik..., ich kenn mich damit ja nicht aus..."

"Danke lieber Weihnachtsmann. Darf ich dich umarmen?", fragte Juliane.

"Sicher doch", sagte der Weihnachtsmann und wurde erst von Juliane und dann von David herzlich umarmt.

"Und nun komme ich zu dir, liebe Ela, denn auch für dich habe ich ein winzig kleines Geschenk.

Schließe doch mal bitte deine Augen und öffne deine Hände." Ela machte ihre Augen zu, und der Weihnachtsmann legte ihr ein violettfarbenes Amulett in ihre geöffneten Hände. "Jetzt kannst du deine Augen wieder öffnen."

"Oh", staunte Ela und hob das Amulett hoch. "Ein Amulett mit violetten Edelsteinen, welch ein wunderbares Kleinod", sagte sie bewundernd. "Ich danke dir sehr, lieber Weihnachtsmann!"

"Es soll auch dich an die Liebe erinnern, auch an die Liebe zu einem Mann, den du sehr geliebt hast. Nimm es auch als Zeichen seiner Liebe!"

"Danke Johannes" flüsterte sie, umarmte ihn und hielt ihn lange so fest.

"So ihr Lieben, meine Arbeit als Weihnachtsmann ist jetzt beendet. Darf ich dennoch ein Weilchen mit euch feiern, ich würde so gern mal wieder Kartoffelsalat mit Würstchen essen."

"Aber ja doch …. Mach es dir bei uns gemütlich … setzt dich zu uns ….
Sei herzlich willkommen", antworten alle durcheinander..

"Danke ihr Lieben. Nur meinen Mantel muss ich noch ausziehen. Ach ja,
und da ich ja jetzt privat hier bin, könnt ihr mich auch alle Johannes nennen."

Ein wenig später, als alle an der gedeckten Tafel saßen, ergriff der
Weihnachtsmann noch einmal das Wort: "Ich bedanke mich ganz herzlich
für die herzliche Aufnahme hier, und ich wünsche euch, uns und allen Le-
sern wunderschöne Feiertage, und ein gesundes neues Jahr mit 365 Tagen
voller Frieden und Liebe!"

☆☆☆

ENDE